FLÁVIA CÔRTES
DRAGÃO DE ESTIMAÇÃO

ILUSTRAÇÕES DE
ALEXANDRE ALENCAR

Copyrigth dos textos © Flávia Côrtes, 2023
Copyrigth das ilustrações © Alexandre Alencar, 2023
Direitos de publicação: © Editora Bambolê

Diretora Editorial: Juliene Paulina Lopes Tripeno
Editora Executiva: Mari Felix
Edição e paratexto: Marcia Paganini
Coordenação Editorial: Marcia Paganini
Edição e revisão: Cassia Leslie
Capa: Dayane Barbieri
Projeto gráfico e diagramação: Dayane Barbieri

Dados Internacionais de Catalogação na Publicação (CIP)

Côrtes, Flávia
    Dragão de estimação / Flávia Côrtes ; ilustração Alexandre Alencar. -- 1. ed. -- Rio de Janeiro : Bambolê, 2023.

ISBN 978-65-86749-55-7

1. Literatura infantojuvenil I. Alencar, Alexandre. II. Título.
23-158935   CDD-028.5

Indices para catálogo sistemático:
1. Literatura infantil 028.5
2. Literatura infantojuvenil 028.5
Aline Graziele Benitez - Bibliotecária - CRB-1/3129

Todos os direitos reservados e protegidos. Nenhuma parte deste livro pode ser reproduzida, total ou parcialmente, sem a expressa autorização da editora.

O texto deste livro contempla a grafia determinada pelo Acordo Ortográfico da Língua Portuguesa, vigente no Brasil desde 1º de janeiro de 2009.

comercial@editorabambole.com.br
www.editorabambole.com.br

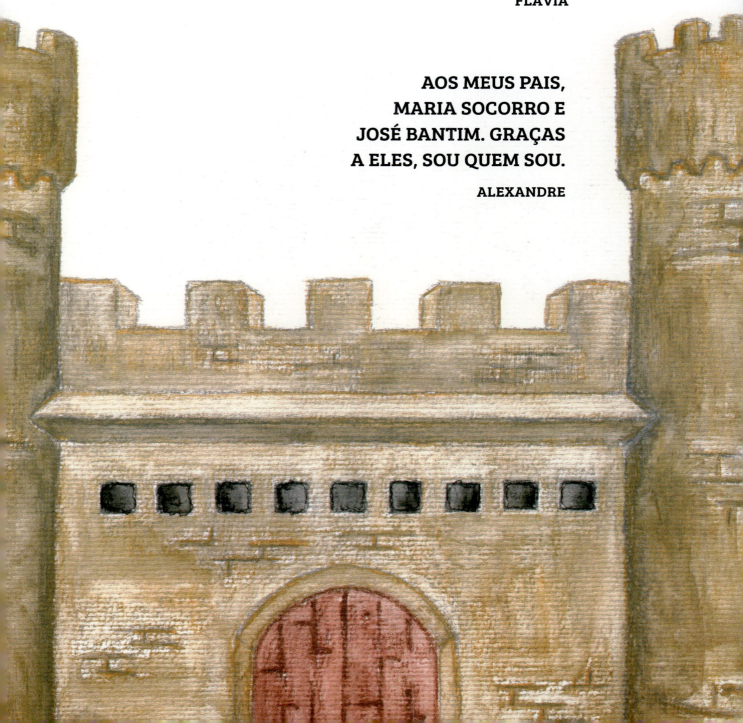

PARA HILDA E ÉLIO,
OS MELHORES PAIS DO MUNDO.

FLÁVIA

AOS MEUS PAIS,
MARIA SOCORRO E
JOSÉ BANTIM. GRAÇAS
A ELES, SOU QUEM SOU.

ALEXANDRE

EU, ENTÃO, ESCOLHI UM DRAGÃO.

NÃO É FÁCIL EDUCAR UM DRAGÃO.

MAS QUANDO A GENTE AMA, TUDO FICA DIFERENTE.

O MUNDO PARECE PERFEITO.

NEM A DOR.

OU A SOLIDÃO.

MAS É CLARO QUE HÁ MOMENTOS BONS.

DE ALEGRIA, DIVERSÃO.

DE PAZ.

IMPORTANTE NESSA VIDA SÃO OS AMIGOS QUE A GENTE FAZ.

FLÁVIA CÔRTES

Sou de Bangu, subúrbio do Rio de Janeiro, e tive uma infância pobre, com poucos brinquedos, mas muita leitura. Estudei em escolas e universidades públicas e hoje tenho mais de 20 livros publicados para crianças e jovens. Sou graduada em Letras e especialista em Literatura Infantil e Juvenil pela UFRJ; mestra em Estudos Literários e doutoranda em Teoria da Literatura e Literatura Comparada, sendo essas formações pela UERJ. Atualmente sou a vice-presidente da Associação de Escritores e Ilustradores de Literatura Infantil e Juvenil (AEILIJ). Também sou roteirista e o filme infantil *De folha em flor*, para o qual fiz o roteiro, foi lançado em 2021 pelo NOW. Quando criei esta história, pensei em um livro que fosse além das palavras, cujas imagens contassem um pouco mais. Imaginei um menino na Idade Média, que ganharia um dragão de estimação enquanto o pai partiria para a guerra. Uma bonita amizade cresceria entre o menino e o dragão durante a ausência do pai. A solução que encontrei para unir texto e imagem foi convencer meu marido, Alexandre Alencar, a ilustrar a história. Ele gostou tanto que já está trabalhando em outros livros meus. Essa parceria vai longe...

ALEXANDRE ALENCAR

Nasci em Bangu, no Rio de Janeiro, filho e neto de cearenses. Sou sobrinho-neto do poeta repentista Patativa do Assaré. Estudei em escolas e universidades públicas, cursei Matemática na Universidade Federal Rural do Rio de Janeiro (UFRRJ) e sou formado pela Escola de Formação de Oficiais da Marinha Mercante (EFOMM). Sempre gostei de desenhar e, na adolescência, foi uma das maneiras que arranjei de ganhar dinheiro, além das aulas de matemática e das festas que animei como DJ nos anos 1980. Como desenhista, já trabalhei com gráficas e *silkscreen*. Sou casado com a escritora Flávia Côrtes, que me convenceu que poderia ser ilustrador de livros para crianças, e tenho me dedicado ultimamente a ilustrar os textos dela. Neste livro, usei técnica mista, com tinta acrílica, giz pastel seco e colagem.

O TEXTO DESTE LIVRO FOI COMPOSTO COM A TIPOLOGIA BREE SERIF, NO INVERNO DE 2021.

TODO MUNDO GOSTA DE TER UM ANIMAL PARA CUIDAR E COM QUEM BRINCAR. CACHORRO? GATO?... QUE TAL UM DRAGÃO?

UM DRAGÃO METE MEDO NAS PESSOAS E, DE VEZ EM QUANDO, TOCA FOGO NA CASA. MAS TAMBÉM PODE SER O SEU MELHOR AMIGO. E NÃO TEM NADA MELHOR DO QUE TER AMIGOS! MESMO QUE UM DELES SEJA UM DRAGÃO.

ROSANA RIOS

POEMAS DE
Roseana Murray

AQUARELAS DE
Pedro Cezar Ferreira